Digger y Daisy

van al médico

Por Judy Young
Ilustraciones de Dana Sullivan

Sleeping Bear Press™

2395 South Huron Parkway, Suite 200
Ann Arbor, MI 48104
www.sleepingbearpress.com

Impreso y encuadernado en Estados Unidos.

10 9 8 7 6 5 4 3 2 1 (case)
10 9 8 7 6 5 4 3 2 1 (pbk)

Información del catálogo de publicación de la Biblioteca del Congreso

Catalogación en publicación de la Biblioteca del Congreso en el archivo de datos
ISBN 9781627539531 (tapa dura) — ISBN 9781627539616 (tapa blanda)

Traducción por Lachina

Para Katelyn y Madison Mace
—Judy

Para mi hermana Caitlyn, a quien
le gusta hacer las cosas primero.
—Dana

Ha salido el sol.

Daisy se levanta.

Digger no.

—Levántate, Digger —dice Daisy.

—No quiero —dice Digger—.

No me siento bien.

Daisy mira a Digger.

No se ve bien.

—Debes ir al médico —dice Daisy.

—No quiero ir —dice Digger—.
Me van a dar una inyección.
—Una inyección te hará sentir mejor
—dice Daisy.

—No, me va a doler —dice Digger.

—Debes ser valiente, Digger. Apenas

dolerá un poquito —le dice Daisy—.

Luego te sentirás mejor.

Digger y Daisy van al médico.

—Siéntate aquí —le dice la doctora a
Digger.

—No —dice Digger—.
Me darás una inyección.

—Debes ser valiente, Digger —le dice
Daisy—. Mírame a mí.

Daisy se sube.

Luego Digger se sube también.

—Déjame ver tus ojos —le dice
la doctora.

—No —dice Digger.

—Debes ser valiente, Digger

—dice Daisy—. Mira.

Mírame a mí.

Daisy abre grande los ojos.

La doctora mira los ojos de Daisy.

—Ves, Digger. No duele —dice Daisy.

—De acuerdo —dice Digger.

—Déjame ver tus orejas —le dice
la doctora.

—No —dice Digger.

—Debes ser valiente, Digger
—dice Daisy—.
Mira. Mírame a mí.

La doctora mira los oídos de Daisy.

—Ves, Digger. No duele —dice Daisy.

—De acuerdo —dice Digger.

—Ahora déjame ver tu boca —le dice
la doctora.

—No —dice Digger.

19

—Debes ser valiente, Digger
—dice Daisy—. Mira. Mírame a mí.
Daisy abre grande la boca.

La doctora mira la boca de Daisy.

—Ves, Digger. No duele —dice Daisy.

21

—De acuerdo —dice Digger.

—Ya está—dice la doctora—.
Todo listo.

—¿Me tienes que dar una inyección?
—le pregunta Digger.

—No —dice la doctora—.
Tienes un resfrío. Eso es todo.
Te sentirás mejor muy pronto.

—Ves, Digger —dice Daisy—.
No dolió.

—¿Ya nos podemos ir? —dice Digger.

—No —dice la doctora—.

Digger no necesita una inyección.

Pero tú sí, Daisy. Date vuelta.

Daisy no se da vuelta.

—No quiero una inyección —dice—.

Me va a doler.

—Debes ser valiente, Daisy
—le dice Digger—. Dijiste
que apenas dolerá un poquito.

Busca los otros libros de la serie de Digger y Daisy.

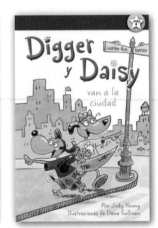

Digger y Daisy van al zoológico.

"En este libro para nuevos lectores, un perro aprende de su hermana lo que puede y lo que no puede hacer como otros animales cuando van al zoológico...Es un hermoso tributo a la camaradería entre hermanos...Esta obra es una excelente invitación a leer y fomenta pasar el tiempo con hermanos."

—*Kirkus Reviews*